This House Is Made of Mud
• • •
Esta casa está hecha de lodo

Written by/Escrito por
KEN BUCHANAN

Illustrated by/Ilustrado por
LIBBA TRACY

Translated by/Traducido por
PATRICIA HINTON DAVISON

rising moon
Books for Young Readers from Northland Publishing

This house is made of Mud.

We made it,
my Brothers and Sisters,
and Mother and Father.

We made this house
from Earth,
and Water,
and Straw.

We mixed them all together
And together made our Home.

Esta casa está hecha de Lodo.

La hicimos,
mis Hermanos y Hermanas,
y Mamá y Papá.

Hicimos esta casa
de Tierra,
de Agua
y de Paja.

Las mezclamos todas juntas
y juntos hicimos nuestro Hogar.

This house
is round,
like the Earth,
and the Sun,
and the Moon.

*Esta casa
es redonda,
como la Tierra,
el Sol
y la Luna.*

It has only
one door
in and out.

But it has
many windows
so the breezes
can pass through.

Tiene sólo
una puerta
para salir y entrar.

Pero tiene
muchas ventanas
por las cuales
atraviesan las brisas.

At night
we can see
the Stars,

And
during the day,
the Sky.

*Por las noches
podemos ver
las Estrellas*

Y

*durante el día,
el Cielo.*

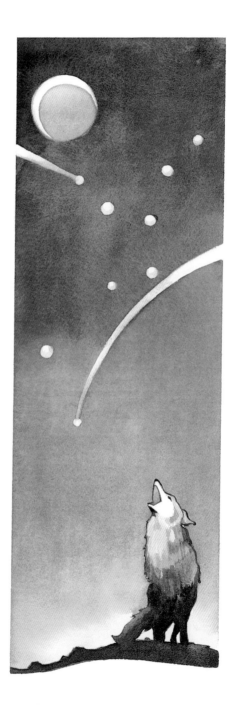

We share our house
with animals,
large and small.

There are bugs
that live in our walls.

Compartimos nuestra casa
con los animales,
grandes y pequeños.

Hay bichitos
que viven en nuestras paredes.

Hay ratoncitos
que tienen pequeños túneles
bajo nuestro piso.

There are mice
that have tiny tunnels
under our floor.

There is my brother's dog,
my sister's cat,
my mother's bird,
and baby brother's black snake.

He's only out at night,
when we are asleep,
and the mice are awake.

Hay,
el perro de mi hermano,
el gato de mi hermana,
el pájaro de mi mamá
y la culebra negra de mi hermanito.

La culebra sólo sale de noche,
cuando estamos dormidos
y los ratones están despiertos.

This house has a yard.
It is round, too.

We call it the Desert.

Esta casa tiene un jardín.
También es redondo.

Lo llamamos el Desierto.

It has a fence around it.
The fence is called the Mountains.

Alrededor tiene una corralada.
La corralada se llama las Montañas.

Our yard,
and our fence,
are covered with plants—

From the giant cacti,
to the smallest blades of grass.

Nuestro jardín
y nuestro muro,
están cubiertos de plantas—

Desde el gigante cacto,
hasta la hierba más pequeña.

Everyone has a name,
but they are all called Friends,
because they share our yard.

We get many
visitors to our house.

Todos tienen un nombre,
pero ellos se llaman Amigos
porque comparten nuestro jardín.

Llegan muchas
visitas a nuestra casa.

The Sun comes
every day.

The Wind comes,
 but never stays.

El Sol llega
todos los días.

El Viento llega
pero nunca se queda.

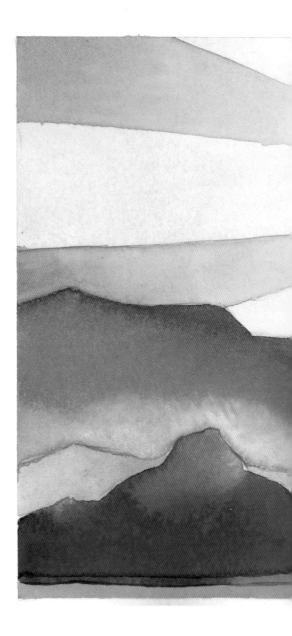

The Rain's visit
is not for long,
just long enough
for everyone to
get a good drink.

*La visita de la Lluvia
no dura mucho,
sólo lo suficiente
para que todos
beban un buen trago.*

The snow
sometimes falls.
But the sun
does not like the snow,
and makes it go away.

This house
was made of mud
by our family.
Made from the same thing
our Earth is made of.

La nieve
a veces cae.
Pero al sol
no le gusta la nieve
y la hace que se vaya.

Esta casa
fue hecha de lodo
por nuestra familia.
Hecha de la misma cosa de lo que
está hecha nuestra Tierra.

Our house
is shared by many,
and many come to visit.
They are all our Friends.

This house
is our Home.
And our home
is
made
of
Love.

Muchos comparten
nuestra casa
y muchos vienen a visitar.
Todos son nuestros Amigos.

Esta casa
es nuestro Hogar.
Y nuestro hogar
está
hecho
de
Amor.

KEN BUCHANAN and his wife and writing partner, Debby, have spent most of their lives in Arizona. After writing this story, Ken and his family built their own house of mud, which they happily shared with the wild creatures of the Sonoran Desert. In 1995 they moved to Oregon, where they live on the Columbia River, but they will always consider themselves Arizonans at heart. Ken enjoys playing golf and writing.

KEN BUCHANAN y su esposa y colaboradora, Debby, han pasado la mayor parte de su vida en Arizona. Después de escribir este cuento, Ken y su familia construyeron su propia casa de lodo, que alegremente compartieron con los animales salvajes del desierto de Sonora. En 1995 se mudaron a Oregón, donde viven junto al río Columbia, aunque en su corazón siempre se considerarán de Arizona. Ken disfruta su trabajo de escritor y es aficionado al golf.

LIBBA TRACY has been an illustrator since 1980, working primarily in watercolor. She paints for publications nationally, especially for magazines and advertising firms. This is her first children's book. A former resident of Phoenix, Arizona, she also lived in an adobe home and thrived on the textures, sounds, and tranquility it provided. She now lives on a small mountain farm in North Carolina.

LIBBA TRACY ha trabajado como ilustradora desde 1980, dedicándose principalmente a los trabajos de acuarela. Pinta para publicaciones de todo el país, especialmente para revistas y agencias de publicidad. Éste es su primer libro para niños. Cuando residía en Phoenix, Arizona, también vivió en una casa de adobe y allí pudo florecer gracias a las texturas, los sonidos y la tranquilidad que le rodeaban. Ahora vive en una pequeña granja en las montañas de Carolina del Norte.

PATRICIA HINTON DAVISON was born in Monterrey, Mexico, and completed her studies at the University of the Americas in Cholula, Puebla, Mexico. She is married and has four children. She has made her career in education and has been teaching at Northern Arizona University for over eight years. She enjoys painting, decorating, and being close to the ocean.

PATRICIA HINTON DAVISON nació en Monterrey, México y completó sus estudios en la Universidad de las Américas en Cholula, Puebla, México. Está casada y tiene cuatro hijos. Se dedica a la educación y ha estado enseñando en la Universidad del Norte de Arizona por más de ocho años. Le encanta pintar, decorar y estar junto al mar.